*Photographie de couverture : ruisseau du Saulou à Menet
par Robert Laborie*

LE TRESOR DE SISTRIUS EN HAUTE-AUVERGNE

RECUEIL

© 2017 Anne de Tyssandier d'Escous - Alain Ricard
Photographies: Robert Laborie
CPA – Droits réservés

Éditeur : Books on Demand GmbH,
12/14 rond-point des Champs Élysées, 75008 Paris, France
Impression : Books on Demand GmbH, Norderstedt, Allemagne

ISBN : 978-2-322-13980-4
Dépôt légal: mars 2017

Anne de Tyssandier d'Escous - Alain Ricard

LE TRESOR DE SISTRIUS EN HAUTE-AUVERGNE
RECUEIL

Association LA MERIDIENNE DU MONDE RURAL
93 rue Jules Ferry - 19110 Bort-les-OrgueS
www.lameridiennedumonderural.fr

LE MYSTERE DU TRESOR DE SISTRIUS

par Anne de Tyssandier d'Escous

****

I

LE PERE ANTOINE A MONTSISTRIER

En cette fin d'après-midi d'automne 1908, près de Menet, Antoine, que tous appelaient le père Antoine, revenait de ramasser des châtaignes pour sa famille. Il avait aussi ramassé des branchages pour mieux redémarrer le feu dans la grande cheminée de la ferme, le cantou. Agé et fatigué, il prenait néanmoins toujours du plaisir à marcher et à admirer, en automne, les feuillages qui avaient de superbes couleurs d'or dans les bois de la région.

La vie n'avait pas toujours été facile pour le père Antoine. Dès l'âge de quatorze ans, alors qu'il était bon élève, il avait dû quitter l'école pour aider ses parents dans la petite ferme familiale, située non loin de Montsistrier, à Menet.

Il n'avait pas eu le choix de poursuivre ses études, mais il espérait que sa petite-fille Marie pourrait, elle, étudier davantage. Elle était encore petite mais elle pourrait même, plus tard, prendre le train pour aller suivre des études supérieures à Paris car les travaux de la ligne de chemin de fer, passant par Riom-ès-Montagnes, étaient achevés.

Dans les années passées le vieil homme avait souvent été à pied, par des raccourcis qu'il connaissait, voir les terrassements et l'avancement du chantier pour la construction de la gare. Comme il s'intéressait à l'histoire locale, il avait suivi avec beaucoup d'intérêt, de 1900 à 1905, ces travaux qui avaient permis de découvrir dans le sol des poteries, des céramiques, des amphores ainsi que des statuettes gallo-romaines.

Le dimanche 5 juillet de cette même année 1908 il y avait eu l'inauguration de la ligne ferroviaire et de la gare de Riom-ès-Montagnes en présence du ministre des Travaux Publics. Le père Antoine n'avait pas voulu rater cet événement et il en gardait un souvenir inoubliable. Plongé dans ses pensées, le vieil homme revenait vers la ferme familiale où il habitait avec son fils, sa bru, et sa petite-fille Marie âgée de 7 ans. Celle-ci allait lui demander lors de la veillée, comme d'habitude, de lui raconter encore une fois une des histoires qui se transmettaient oralement dans la famille de génération en génération. Lui-même les avait entendues de sa grand-mère, à la veillée aussi, quand il était enfant. C'était il y a bien longtemps…

Sur le chemin de terre bordant le hameau de Montsistrier le vieil homme s'arrêta un instant. Il admira, avec un émerveillement toujours renouvelé, le magnifique panorama qu'il connaissait bien et qui s'offrait à son regard dans les derniers rayons de soleil. Au fond de la vallée il voyait le bourg de Menet. Les constructions, que les hommes avaient réalisées au cours des générations, s'intégraient harmonieusement dans le paysage et il reconnaissait, au loin en contrebas, chaque chaumière, chaque ferme et chaque maison. Dans chacune, à un moment ou un autre, il avait été donner un coup de main pour des travaux divers. Malgré une vie de labeur il avait toujours su être disponible pour aider ceux qui avaient besoin de lui. Et, lorsqu'il rendait un service particulièrement important, tous savaient qu'il était possible de lui faire plaisir en lui offrant un livre scolaire. Il prenait toujours un réel plaisir à s'instruire par lui-même en lisant le soir, après la veillée, à la lumière de la lampe à huile, lui qui n'avait pas eu la chance de pouvoir poursuivre ses études, comme il le souhaitait pourtant tellement, lorsqu'il était jeune.

Le père Antoine avançait sur le chemin qui menait à la ferme familiale quand il vit, de loin, la petite Marie qui essayait de faire rentrer dans le poulailler une poule récalcitrante suivie par ses poussins. Le grand-père sourit. L'enfant était vaillante, et il savait qu'à son habitude elle avait dû déjà faire ses devoirs avant d'aider ses parents à la ferme.

II

LA VEILLEE AUTOUR DU CANTOU

Dans la majorité des villages et des hameaux des environs de Riom-ès-Montagnes les bâtiments étaient construits avec des pierres volcaniques noires, du basalte. Mais les murs de la ferme familiale étaient, comme ceux de beaucoup de maisons du bourg de Menet, construits avec des pierres blanches, du trachyte qui provenait d'une carrière proche. La toiture de la ferme était en chaume. Le père Antoine avait envisagé, plus jeune, après un début d'incendie dans la cheminée, de remplacer la couverture par des lauzes, mais cela aurait coûté trop cher. La ferme familiale avait donc conservé son toit de chaume.

L'étable était attenante à la partie d'habitation, comme souvent dans les fermes de la région, car cette proximité permettait aux personnes et aux animaux d'avoir moins froid lors des rudes hivers…

Comme tous les soirs, le repas avait cuit dans un vieux chaudron suspendu au-dessus des bûches de bois et des braises dans le cantou. Cette grande cheminée de pierre était le seul luxe de la chaumière. Le feu, utile pour la cuisson du repas, réchauffait en même temps la pièce pendant la mauvaise saison. De part et d'autre du foyer deux petits bancs de bois, noircis par la fumée, servaient de sièges mais également de coffres. Depuis des générations ces bancs étaient les places des aïeux, tout près du feu, dans la vieille ferme. Cependant le père Antoine préférait quant à lui s'asseoir, à côté de sa petite fille, sur le grand banc placé entre la table de ferme et le cantou.

Après le dîner, ce soir-là, le vieil homme attendit quelques instants qu'une vache ait fini de meugler. Il n'y avait qu'une cloison de bois entre la partie d'habitation de la ferme et l'étable où les animaux se manifestaient de temps en temps bruyamment en interrompant les discussions. Les odeurs de l'étable passaient bien aussi dans l'habitation, mais cette promiscuité permettait d'avoir chaud en hiver. Quand la vache s'arrêta de meugler, le père Antoine commença son récit :

- Aujourd'hui je vais te raconter, Marie, une histoire que ma grand-mère m'a souvent racontée quand j'avais ton âge. Tes parents la connaissent bien, c'est l'histoire du trésor de Sistrius, un propriétaire gallo-romain de la région, que ma grand-mère nommait aussi Sixtius quelquefois, mais moins souvent, en racontant cette histoire.
- Cette histoire nous intéresse toujours autant ! s'exclamèrent, ensemble, les parents de Marie qui terminaient de ranger des couverts usagés dans le grand tiroir de la table de ferme.
- Alors je vais vous la raconter… Mais, avant, je tiens à rappeler qu'il y a plus de trente ans, après la découverte de trois antiques épées de l'âge du bronze, dans une fente de rocher près de Menet, à Alies, des anciens disaient qu'il y avait dans la région plus de trésors enterrés de toutes les époques que ce que l'on pouvait imaginer.
- Oui, et même récemment les travaux de ces dernières années à Riom-ès-Montagnes ont permis de mettre à jour des poteries et des objets de l'époque gallo-romaine, ajouta le père de Marie.

- J'y ai pensé aujourd'hui quand j'ai planté un petit arbuste au fond du potager et je reconnais que cela m'a donné du cœur à l'ouvrage pour creuser, dit sa femme en secouant son tablier avant de s'asseoir.
- Il faut creuser profondément pour trouver un trésor, observa le père Antoine. Encore que mon cousin Pierre, en se promenant avant son mariage près de Valette avec Jeannette, avait trouvé dans un champ des morceaux de poterie gallo-romaine…

Après quelques instants, le vieil homme commença son histoire tandis que le feu, dans lequel son fils venait de mettre une nouvelle bûche, se remettait à crépiter dans le cantou…

III

LES EPEES DU PRINCE GUERRIER

Il y a bien longtemps, commença le père Antoine, il y avait à l'emplacement actuel de Riom-ès-Montagnes un ensemble de petites maisons, construites en bois et avec des toitures de chaume, à proximité d'un gué. Celui-ci permettait à des voyageurs qui affrontaient bien des difficultés, et parfois même des brigands, de traverser la rivière et de faire du commerce.

A quelques kilomètres de là, sur la hauteur, à l'emplacement de Montsistrier, qui ne s'appelait pas alors Montsistrier, il y avait plusieurs chaumières en bois et en paille autour d'une grande maison avec des murs de pierre, une toiture en tuiles romaines et de très nombreuses pièces. Cette vaste maison était une villa gallo-romaine située au centre d'un domaine prospère.

L'ensemble des bâtiments formait un petit hameau dans la campagne et était entouré d'une palissade de bois. Celle-ci avait un rôle de fortification et comportait une entrée principale, par une grande porte, donnant sur des champs. Depuis cette lointaine époque les champs qui étaient situés à proximité de cette porte ont conservé le nom de "Champs de la Porte" et continuent à être mentionnés sous ce nom sur le cadastre…

Sistrius, ou Sixtius car le nom n'est pas très bien défini, était un riche propriétaire qui habitait la belle villa gallo-romaine. Dans celle-ci il y avait non seulement beaucoup de pièces mais aussi des mosaïques et, parait-il, beaucoup d'objets beaux et précieux. Les chaumières autour de cette grande villa étaient, elles, très modestes et habitées par les serviteurs.

Sistrius avait épousé une jeune femme d'une beauté éblouissante. Il en était tombé amoureux quand il l'avait rencontrée, un jour de printemps, alors qu'il chassait dans les environs du lac de Menet. C'était la fille unique d'un riche propriétaire de la région dont on disait qu'un ancêtre très lointain était un prince guerrier venu du nord des Alpes.

    Le père de cette jeune femme possédait dans son domaine, près de l'emplacement actuel d'Alies, plusieurs épées de bronze de ce prince. Sa famille les avait conservées précieusement depuis de nombreux siècles. Sistrius avait vu ces belles épées, en bronze avec des parties en os, dont aurait dû hériter plus tard sa femme. Mais, un an à peine après leur union, celle-ci mourut en donnant naissance à deux petits garçons. Ces jumeaux, nés en plein hiver, dans des conditions difficiles, n'avaient pas survécu.

    Après cette épreuve, Sistrius resta inconsolable et ne voulut pas prendre une autre épouse. Il se consacra à son domaine et à ses chevaux tout en étant attentif à ceux qui l'entouraient. Quant aux antiques épées du prince guerrier, elles restèrent dans le domaine de la belle-famille de Sistrius, près d'Alies à Menet.

    A la mort du beau-père de Sistrius, les épées disparurent et personne ne les revit durant de nombreux siècles. Cependant, j'ai eu connaissance en 1872, par mon cousin d'Aurillac qui est passionné par l'histoire régionale, de la parution dans la Revue Archéologique d'une description de trois épées de l'âge du bronze découvertes à Alies. Et, je me demande si ce ne sont pas celles du prince guerrier venu du nord des Alpes, lointain ancêtre de la femme de Sistrius…

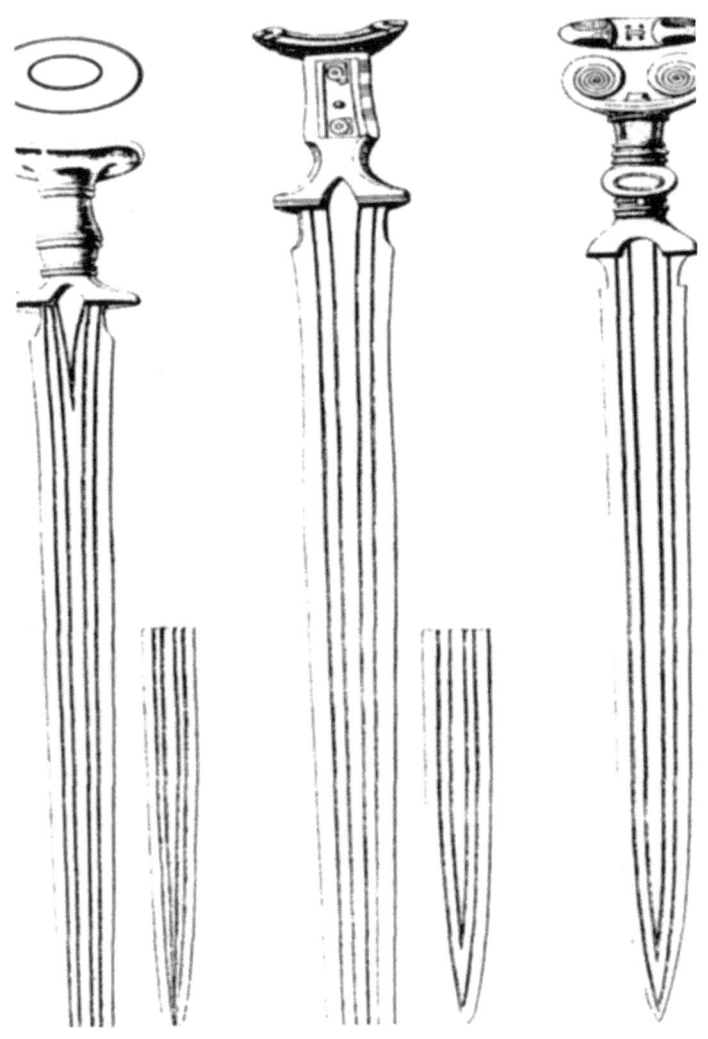

Dessins de trois épées de l'âge du Bronze,
en bronze avec des appliques en os, trouvées
au XIXème siècle à Menet dans le Cantal.
(dessins parus dans la Revue Archéologique de 1872)

IV

LE TRESOR DE SISTRIUS

Revenons à une époque plus récente, même si cela nous reporte, tout de même, plus de quinze siècles dans le passé, dit le père Antoine après une courte pause.

Parmi les serviteurs de Sistrius, il y en avait un qui était un très lointain ancêtre du grand-père de ma grand-mère. Sistrius avait toute confiance en lui. Notre aïeul était chargé de s'occuper des chevaux et avait pour nom ou surnom Epon, peut-être du nom de la déesse gauloise Epona, protectrice des chevaux….

La vie se déroulait paisiblement dans le domaine de Sistrius quand, un jour, un inconnu arriva exténué au gué, près du hameau de chaumières situé à l'emplacement de Riom-ès-Montagnes. L'inconnu affirma qu'une bande de pillards allait arriver. Ces hommes, disait-il, semaient la terreur et détruisaient tout. De loin il avait vu qu'ils avaient brûlé sa chaumière pendant qu'il se sauvait. Comme ces pillards s'arrêtaient pour tout voler et saccager sur leur passage, l'inconnu indiqua qu'il devait avoir deux jours environ d'avance sur eux.

La nouvelle de ce danger imminent se répandit vite aux alentours. Dans le domaine de Sistrius les hommes consolidèrent la fortification de bois. Les femmes les rejoignirent pour les aider, après avoir préparé un maigre balluchon pour le cas où elles auraient à se réfugier, avec les plus jeunes enfants, dans les bois. Tous étaient très inquiets.

Le soir, à la tombée de la nuit Sistrius fit appeler Epon et lui parla à peu près en ces termes :
- Epon, si le danger devient trop important, ta femme et ton petit garçon se réfugieront avec les autres femmes et les autres enfants dans les bois. Les hommes resteront ici tant que cela sera possible pour protéger le domaine. Cependant, il faut que tous puissent se sauver en cas de nécessité. Nourris bien les chevaux et tiens les prêts pour que les

hommes du domaine puissent, en les prenant, échapper aux pillards qui, eux, doivent avoir des chevaux fatigués…Si nous sommes obligés de partir, tu m'accompagneras. Je monterai ma jument préférée et tu prendras sa sœur, qui est très vive aussi. Mais, maintenant, je vais avoir besoin de toi car je ne voudrais pas que les pillards volent mes trésors les plus précieux. Il faut que tu me promettes que, de mon vivant, tu n'indiqueras à personne l'endroit où nous allons les cacher cette nuit.
- Oui, maître, répondit Epon qui était un serviteur dévoué.

Cette nuit-là, quand les serviteurs regagnèrent leurs chaumières, Sistrius et Epon rassemblèrent de très beaux objets dans une salle de la villa gallo-romaine. Cette salle était proche de la porte principale. En faisant attention de ne pas être vus ni suivis, ils sortirent les précieux objets dans de grands sacs de toile et ils les chargèrent sur un âne ainsi que des outils. Epon ouvrit doucement la grande porte de la palissade de bois et la repoussa sans bruit. La nuit était claire car c'était presque la pleine lune.

Tous deux marchèrent à côté de l'âne pendant un long moment. Arrivés près de deux hêtres, distants l'un de l'autre de sept pas environ, Sistrius demanda à Epon de creuser un grand trou à mi-distance entre ces deux arbres.

Quand le trou fut assez profond, ils déposèrent les sacs contenant les riches objets de la villa gallo-romaine de Sistrius, et Epon remit de la terre dessus en la tassant bien. Il éparpilla le reste de terre aux alentours, puis il dissimula la terre fraîchement retournée sur le trou avec de la mousse et des branchages.

Les deux hommes et l'âne revinrent aussi discrètement qu'ils étaient sortis. Epon ramena l'âne à l'étable avant de rejoindre la chaumière où sa femme l'attendait en veillant leur petit garçon. En le voyant arriver aussi tardivement, en pleine nuit, elle se douta qu'Epon était détenteur d'un secret mais il ne parla pas.

V

LE PILLAGE DU DOMAINE

A la mi-journée, le lendemain, Sistrius réunit tous ses serviteurs et leur dit :
- J'espère que les pillards passeront leur chemin et ne viendront pas ici. Cependant le danger apparaît trop grand et il vaut mieux tout prévoir. Les femmes et les enfants vont aller se réfugier dans les bois tandis que les hommes vont rester avec moi pour assurer la défense du domaine.

Les adieux furent difficiles car tous craignaient de ne pas retrouver vivants certains membres de leur famille et des amis après le passage et les exactions des pillards. Néanmoins, dans l'heure, il n'y eut plus ni femme ni enfant à l'intérieur de la palissade de bois et les hommes se préparèrent à défendre la fortification. Sistrius organisa cette nuit-là des tours de garde car les pillards ne devaient plus être loin et ils risquaient d'attaquer le domaine.

La nuit fut cependant calme. Mais, le lendemain matin, les serviteurs virent des chaumières qui brûlaient au loin. Quelques heures plus tard les premiers pillards commencèrent à arriver à proximité de la fortification du domaine de Sistrius. Il y eut de durs combats et les assaillants furent repoussés. Mais des cavaliers continuaient d'arriver. Les serviteurs de Sistrius étaient effrayés par l'allure de ces pillards, qui avaient l'air de sauvages, et qui étaient beaucoup plus grands que les hommes de la région.

Des assaillants ayant mis le feu à la partie nord de la palissade, la défense de la fortification de bois ne pouvait plus être assurée. Sistrius et ses serviteurs s'enfuirent alors sur des chevaux par la porte principale. Quelques pillards essayèrent de les poursuivre mais la majorité, malgré le feu, se précipita à l'intérieur de la fortification pour voler tout ce qui pouvait être volé.

Pendant plusieurs jours Sistrius et Epon chevauchèrent pour se mettre à l'abri de tout danger et ils se nourrirent de ce que la nature leur permettait de trouver... Ce n'est que quand ils pensèrent que tout danger était écarté qu'ils revinrent dans la région.

Ils se rapprochèrent de Menet en passant par la voie romaine du bois de Cournil à Collandres. Des paysans, rencontrés à la sortie du bois, leur apprirent que les pillards étaient partis peu après que le domaine ait été dévasté. Le chemin était libre maintenant… Sistrius et Epon furent les premiers à rejoindre le domaine, mais à leur arrivée ils ne trouvèrent plus qu'un champ de ruines.

Dans les semaines qui suivirent, les serviteurs, les femmes et les jeunes enfants sortirent de leurs cachettes dans les bois et revinrent progressivement au domaine. Les chaumières furent reconstruites autour d'une chaumière plus grande qu'occupa Sistrius. Celui-ci, profondément affecté par le saccage des pillards, ne voulut pas faire reconstruire une nouvelle grande villa en pierre, mais il fit rapidement édifier une importante palissade de bois autour des chaumières de son domaine. A la base extérieure de cette palissade il fit entasser des pierres, pour limiter les risques d'incendie. Malgré cette protection Sistrius était inquiet et il craignait que, dans le cas d'une autre agression par des pillards, cette nouvelle fortification ne soit pas suffisante pour assurer une sécurité efficace…

Les années passèrent sans autre attaque du domaine de Sistrius. Pendant cette longue période Epon, fidèle à sa promesse, ne parla à personne des objets précieux que Sistrius n'avait pas voulu déterrer de peur d'un nouveau pillage.

Le fils d'Epon, devenu grand, aida celui-ci pour l'entretien des chevaux du domaine et il fonda une famille avec une jeune employée de la propriété.

VI

LE SECRET DE SISTRIUS

Quand Sistrius, âgé et malade, sentit sa fin proche, il indiqua à Epon qu'il avait deux neveux qui hériteraient ensemble du domaine. Il demanda au vieux serviteur de ne révéler le secret de l'emplacement de son trésor enterré qu'à celui des deux nouveaux maîtres du domaine qui serait le plus méritant. Pour Epon c'était une charge très lourde qui lui était confiée, mais il souhaitait, malgré tout, s'en acquitter le plus consciencieusement possible.

Cependant les neveux de Sistrius ne vinrent que rarement au domaine dont ils avaient hérité car ils possédaient de belles et confortables villas gallo-romaines dans les environs d'Issoire. Epon, les ayant peu rencontrés, ne pouvait pas déterminer quel était le neveu de son défunt maître qui était le plus méritant. Il attendait de mieux les connaître afin de pouvoir respecter la volonté de Sistrius.

Plusieurs mois s'écoulèrent et Epon, lui-même âgé, tomba malade. Il espérait guérir et remplir sa mission... Mais un jour, alors que les nouveaux maîtres du domaine étaient, comme d'habitude, absents de la propriété, il comprit que cela ne lui serait pas possible.

Epon, se rendant compte qu'il allait mourir en emportant avec lui le secret du lieu où était enterré le trésor de Sistrius, décida de le confier à son fils qui, près de lui, le veillait. En manquant de souffle, il commença le récit de l'histoire que je vous ai raconté. Il avait du mal à parler. Quand son fils lui demanda plus de précisions sur l'endroit où était caché le trésor de Sistrius, Epon ne put répondre. Il venait de mourir.

Le fils d'Epon considéra qu'aucun des neveux de Sistrius n'était méritant car tous deux se désintéressaient du domaine. Il décida de ne pas rechercher, pour eux, l'endroit où était caché le trésor de leur oncle. De plus, cela n'aurait pas été facile. L'environnement avait évolué. Après le saccage du domaine par les pillards, beaucoup de hêtres avaient été coupés pour édifier la nouvelle palissade. Des arbres avaient aussi été coupés durant de nombreuses années pour le chauffage en hiver tandis que d'autres avaient poussé…

Le trésor enterré n'étant pas cherché, ni trouvé par hasard, le fils d'Epon décida de ne confier ce secret à aucun des neveux de Sistrius… Mais lui-même, lorsqu'il fut très âgé, en parla à son propre fils. Et c'est ainsi que, de génération en génération, l'histoire du trésor de Sistrius se transmit dans la famille.

Le père Antoine s'arrêta de parler tandis que le feu terminait de se consumer dans le cantou. Sa petite-fille était rêveuse et elle se disait qu'un jour, au même endroit, elle pourrait raconter cette belle histoire à ses petits-enfants… Mais, elle ne savait pas qu'elle irait vivre et travailler à Paris, qu'elle s'y marierait, que son mari aurait un accident jeune et qu'elle n'aurait pas d'enfant.

La vieille chaumière familiale, abandonnée, tomba en ruine et fut vendue. Ses pierres furent utilisées pour la construction d'une grange près de Montsistrier. Quant à la petite-fille du père

Antoine, elle vint chaque été passer ses vacances dans la région...

VII

A SALERS

Alors que Marie était devenue une vieille dame, et qu'elle séjournait, en juillet 1969, dans un gîte près de Salers, elle rencontra une jeune fille en vacances dans le Cantal avec son grand-père. Tous deux discutaient avec une dame élégante d'un certain âge, assise sur un banc, sur la grande place de Salers.

Dans les jours qui suivirent, Marie revit la jeune fille, en compagnie de son grand-père, dans un commerce de la cité de Salers où ils faisaient des courses. Tous les trois sympathisèrent et le vieil homme proposa qu'ils se retrouvent un jour, pour déjeuner ensemble, dans un restaurant de Salers. Durant ce repas composé de plats typiquement auvergnats, où le pounti et la truffade furent particulièrement appréciés, Marie, qui n'avait pas d'héritier, décida de leur confier ce à quoi elle tenait le plus, l'histoire du trésor de Sistrius en Auvergne.

Après le déjeuner, Marie proposa au vieil homme et à sa petite fille de faire une promenade dans la cité de Salers au riche passé. Ils admirèrent la grande place, les belles demeures de caractère construites en basalte et, tout en marchant dans les ruelles pittoresques, ils passèrent devant une maison de style Renaissance dont Marie leur dit qu'elle était appelée "Maison des Templiers". La porte était entrouverte sur l'entrée d'une belle galerie qui comportait des éléments en clés de voûte sculptés dans la pierre. Ils s'arrêtèrent un instant puis se dirigèrent vers l'esplanade de Barrouze. Celle-ci, à l'emplacement d'une partie des anciens remparts de la cité, permit aux trois amis d'avoir une vue superbe sur les montagnes environnantes. Le temps étant très clair, le panorama était grandiose.

- Il y a bien des trésors en Auvergne… mais le plus beau d'entre eux c'est la nature qui, ici, est vraiment préservée, observa le vieil homme en se tournant en souriant vers Marie. Celle-ci acquiesça, tout en pensant qu'il y avait aussi le trésor de Sistrius…

Tous trois revinrent ensuite vers la grande place et, à proximité du buste de bronze du rénovateur de la race bovine de Salers érigé sur un bloc de basalte, ils se séparèrent à regret en se promettant de se revoir en Haute-Auvergne durant de prochaines vacances.

Buste d'Ernest Tyssandier d'Escous (1813-1889)

UN MYSTERE PEUT EN CACHER UN AUTRE

par Alain Ricard

****

I

Un coup de téléphone

C'était un jour comme les autres. Jean Carnot s'apprêtait à débuter sa journée comme d'habitude en prenant un bon café tout en faisant le sudoku de son journal préféré. Puis, il continuerait ses recherches généalogiques. Cette activité de « petit vieux » l'occupait alors beaucoup. Il trouvait un grand plaisir à répertorier, à classer ses ancêtres. Il en avait mis en fiches plusieurs centaines et en était particulièrement fier. Si pour certaines branches de son arbre généalogique, il avait pu remonter jusqu'à dix générations ou plus, certaines s'arrêtaient brusquement, souvent faute d'archives mais le cas le plus mystérieux était celui du grand-père paternel de son grand-père paternel, c'est-à-dire celui que les généalogistes appellent le SOSA 16. C'était la branche la plus courte de son arbre ! Seulement quatre générations ! Très peu de renseignements sur lui. Cet aïeul avait eu un fils, nommé Jules, né en 1872 à Menet dans le Cantal comme le prouvait l'acte de naissance publié sur le site des archives en ligne du Cantal. Seul le nom du père était mentionné avec son âge « environ quarante ans » d'après l'acte. Quant au prénom très mal écrit, on pouvait deviner un prénom composé commençant par Jean, le reste était illisible. Fait étrange, la déclaration n'avait pas été faite par le père mais par une voisine de la mère qui avait dû l'aider à accoucher.

Il avait eu beau passer de nombreuses heures à chercher la date de naissance, ou de mariage de cet aïeul, le retraité n'avait rien trouvé. Cela le tourmentait beaucoup et c'était l'objet de discussion avec Marie, son épouse, qui se moquait

gentiment de sa manie et lui disait qu'il avait peut-être un ancêtre parti faire fortune en Amérique après avoir laissé femme et enfant en Auvergne.
Il fut tiré de ses rêveries par la sonnerie du téléphone. Il n'attendait pas particulièrement de coup de téléphone et surtout pas à cette heure-là ! Il était à peine huit heures.
- Allo ?
- Allo ? Jean Carnot ?
- Euh ! Oui ! Qui est à l'appareil ?
- Antoine Benezech. Tu te souviens de moi ?

    Un silence s'établit. Jean n'avait aucune idée de qui il était question et en plus on le tutoyait !
- Allo ? On était étudiant ensemble, à Paris, tu te souviens maintenant ?
D'un seul coup, il vit devant lui un étudiant baraqué. Il faisait du rugby, lui semblait-il à l'époque, et était bon vivant. Il avait sympathisé avec lui car ils avaient souhaité, dans le cadre d'une association d'étudiants, organiser des sorties « historiques » pour des classes d'élèves défavorisés. Il ne savait plus pourquoi ils avaient voulu faire ça. Le projet n'avait finalement pas survécu à une première sortie assez mal préparée.

- Ah ! Mais bien sûr. Antoine. Qu'est-ce que tu deviens ?

Comme tous les gens de cet âge qui se retrouvent, ils évoquèrent d'abord de vieux souvenirs d'étudiant, puis leurs carrières professionnelles et finalement Antoine arriva à la raison de son appel.
- Bon voilà ! Je t'appelle pour une raison bien précise. J'habite depuis mon départ à la retraite il y a cinq ans, un petit village près de Riom-es Montagnes et…
- Pardon, près d'où ?
- Près de Riom-es Montagnes dans le Cantal, tu connais ?
- Non, pas vraiment, mais tu es originaire du Cantal ?
- Pas moi, ma femme Elisabeth, à propos tu es marié ?
- Oui, elle s'appelle Marie.
- Bien, et donc en arrivant dans ce village, je me suis investi dans la vie culturelle du coin, et depuis trois ans j'anime une association qui essaie de valoriser le patrimoine local. Alors, l'année dernière, on a soumis au Conseil Régional un projet

d'aménagement d'un sentier pédestre autour du village qui relierait les différents sites du village comme l'église, le lavoir, les ruines du château, les croix en pierre... Pour faire un projet plus attractif, on a dit qu'à chaque étape importante du sentier on mettrait un panneau explicatif pour les touristes en français et en anglais, tu vois ce que je veux dire ?

- Oui, très bien mais où veux-tu en venir ? Si c'est pour traduire en anglais, ne compte pas sur moi ! Je n'ai jamais été très doué pour les langues étrangères
- Attends ! Ne sois pas pressé. Il se trouve que certains lieux que traverse le sentier sont l'objet d'histoires qui associent des légendes à des récits historiques plus ou moins véridiques. De plus, ce que tu ne sais pas, c'est que la région a fait l'objet de nombreuses fouilles archéologiques et qu'on a retrouvé des objets datant de la civilisation gallo-romaine et même de l'âge de bronze. Si je me souviens bien, tu es originaire de Nîmes ou de sa région ?
- Oui, j'aime bien cette période historique mais ça ne fait pas de moi un spécialiste ni même un amateur éclairé. Et je ne comprends toujours pas où tu veux en venir ?

- Voilà ! Il y a une légende assez mystérieuse qui mêle des faits historiques dont on a, au moins, des preuves partielles et de pures fables sur un trésor avec d'étranges cavaliers. Notre sentier longe le village où se situe cette légende, on doit donc faire quelque chose. Alors, j'ai pensé à toi en me disant que si tu étais à la retraite, tu devais avoir du temps de libre, et que cela t'intéresserait de participer à un projet éducatif. Tu te souviens de notre tentative avortée de sorties « pédagogiques » ?
- Tu remues de vieux souvenirs. Je ne te garantis rien mais je veux bien essayer …A propos tu ne m'a pas dit le nom de ce village.
- Il s'agit de Menet mais si tu ne connais pas bien la région, ce nom ne doit rien te dire.
- Pardon, quel nom as-tu dit ?
- Menet, entre Riom et Bort les Orgues.

Un étrange sourire illumina le visage de Jean Carnot. Et, lui qu'on traitait souvent de « vieux loup solitaire » s'entendit répondre :
- OK. Je suis d'accord. Par quoi commence-t-on ?
- On peut s'organiser de la manière suivante. Nous avons, Elisabeth et moi, aménagé une vieille ferme auvergnate. Après trois ans de restauration, nous

avons créé un gîte d'étape avec trois chambres. En ce moment, c'est la saison creuse, il n'y a pas de touristes, aussi je te propose de venir à la maison avec Marie pendant une semaine. Et en plus ce qui ne gâche rien, Elisabeth est un vrai cordon bleu et vous fera gouter les spécialités culinaires du Cantal et de l'Auvergne. La semaine prochaine, c'est d'accord ?
- D'accord, mais comment fait-on pour aller chez toi ? Tu sais que j'habite à Lyon ? La voiture, le train ?
- Je pense que la voiture est plus pratique car en train il va falloir que tu changes au moins à Clermont-Ferrand pour prendre le train pour Neussargues. Ça risque d'être un peu long ! N'oublie pas, tu es à la campagne, amène des vêtements pour crapahuter. Je vais te faire visiter des lieux chargés d'histoires et de légendes ! Et puis ça nous permettra de digérer la cuisine d'Elisabeth qui n'est pas toujours très légère. Ma silhouette en sait quelque chose. Salut, à la semaine prochaine.
- Salut.

La conversation finie, Jean alla boire son café refroidi et se mit à réfléchir aux hasards de la vie.

- A qui parlais-tu ? demanda Marie tout juste éveillée.

- A un vieux copain. Il nous invite tous les deux dans la campagne auvergnate.

- Tous les deux ?

- J'ai pas tout compris. Il est question de légendes, d'un mystérieux trésor. On verra bien ! C'est une occasion de visiter cette région que nous ne connaissons pas vraiment, tu ne trouves pas ? Et puis, …. Jean s'arrêta de parler et garda le silence.

- Et puis quoi ? demanda Marie

- Il habite Menet dans le Cantal et…..

- Menet et le mystère du SOSA16 ! Éclata de rire Marie : Quand partons-nous ?

- Demain. On fait les valises ce soir, et demain après-midi on est à Menet. N'oublie pas les chaussures de randonnée, ni l'ordinateur.

II

Une étrange légende

Après quatre heures de route, Jean et Marie eurent quelque peine à dénicher la maison d'Antoine qui se trouvait en fait à Montsistrier. Ayant demandé plusieurs fois son chemin, écouté Marie vanter les mérites du GPS, ce à quoi Jean était allergique, et au moment où il allait se résoudre à téléphoner à Antoine, la maison « La gentiane », c'était le nom du gîte d'Antoine et Elisabeth, apparut et sur le pas de la porte Antoine les attendait en souriant. Après les présentations d'usage et la visite des lieux par la maîtresse de maison, tout le monde se rassembla dans la pièce principale de la maison où « trônait » une magnifique cheminée.

Jean et Marie faisaient l'éloge à Elisabeth de la décoration de la pièce et en particulier de la cheminée quand Antoine les interrompit :

- Ici, on ne parle pas de cheminée mais de « cantou ». C'est là que traditionnellement autrefois se trouvait le centre de la vie paysanne. La chaleur, l'éclairage, tout venait du cantou mais surtout c'était le centre de la vie sociale quand le soir la famille se réunissait pour la veillée.
- Et ce coffre près du cantou, c'est là que se trouve le trésor ? dit Jean
- L'archabanc ? Non ! A l'intérieur on mettait autrefois du sel pour qu'il se conserve au sec et dessus traditionnellement le grand-père s'asseyait lors des veillées. Alors, les femmes filaient la laine, les hommes faisaient de petits travaux de vannerie et on racontait des histoires pour passer le temps. Les hommes parlaient souvent de leur service militaire, la seule période de leur vie où ils avaient quitté la ferme familiale mais, et surtout quand il y avait des enfants, on disait des histoires de fées, de princesses et de pauvres paysans, de trésors disparus. Notre région est donc très riche en légendes !
- A propos, cette légende de trésor, de cavaliers mystérieux dont tu me parlais au téléphone ?
- Eh bien, voilà. C'est une histoire qui se transmettait effectivement à la veillée, mais ce qui

est étrange, c'est qu'elle n'est pas entièrement une légende inventée comme les histoires de fées ou de trolls, elle est fondée sur des événements historiques authentiques et même des découvertes archéologiques ayant fait l'objet de rapports très sérieux de la part d'universitaires spécialisés en archéologie romaine. Je vous résume très brièvement cette légende que l'on peut appeler la légende du trésor de Sistrius.
- Sistrius ? Comme Montsistrier ?

- Oui, c'est certainement le nom réel ou transformé par les gens du coin, d'un chef ou d'un propriétaire romain local. On se trouve au temps des gallo-romains et Sistrius, un riche romain, a épousé une belle et jeune femme, fille unique d'un riche propriétaire dont un ancêtre serait un prince guerrier venu du Nord des Alpes. Le père de la jeune femme possédait des épées magnifiquement ornées qui avaient appartenu à ses lointains aïeux. Sistrius avait vu ces épées qui devaient revenir à la jeune femme. Hélas, celle-ci meurt en couche. Les épées restent dans la belle-famille jusqu'à la mort du beau-père puis disparaissent mystérieusement. Un peu plus tard, la région est envahie de brigands, de cavaliers sauvages qui pillent les riches demeures romaines. Sistrius cache avec l'aide d'un domestique, je passe les détails qui enjolivent le récit, un trésor en l'enterrant dans la forêt et le laisse dans sa cachette, même après la fuite des brigands de peur du retour de ces derniers. Il fait promettre au serviteur de ne jamais révéler l'endroit où est caché le trésor. Après quelques « péripéties », mort de Sistrius, mort du domestique,….et les effets de la transmission orale au bord du « cantou » qui a dû amplifier, modifier l'histoire, il ne reste plus que ce récit sans qu'on connaisse ni la nature du trésor ni le lieu de la cachette.

- Avec un trésor à la clé, je comprends que beaucoup de monde se soit intéressé à cette légende.
- Oui, il y a eu beaucoup de « chercheurs » de trésor qui ont arpenté les environs avec des pendules, des détecteurs de métaux mais sans succès. Moi, j'aimerais connaître dans cette légende la part du récit fabuleux, embelli au cours des âges et la part de la réalité, historique ou autre. Qu'en penses-tu ?

- Je pense comme toi. Souvent fantastique et réel sont mêlés. Il peut y avoir également des interprétations irrationnelles de phénomènes que l'on peut justifier en adoptant une démarche scientifique et logique. C'est le cas des trompettes de Jéricho.
- des trompettes de Jéricho ?
- Oui, tout le monde connaît cette histoire où des cavaliers, encerclant la ville de Jéricho avec leurs chevaux au galop et en jouant de la trompette, font s'écrouler les murailles de la ville. Ce n'est pas le son des trompettes qui a fait s'écrouler les murailles, mais c'est vrai que les murailles se sont effondrées. Alors ? Eh bien ce sont les trépidations des chevaux qui en tapant régulièrement, en cadence, contre le sable sur lequel étaient construites les murailles, ont créé un phénomène de sable mouvant, ce qui a liquéfié le sable et les murailles se sont alors effondrées. Mais, revenons-en à notre histoire : quels sont les faits objectifs que l'on peut identifier dans ce récit ? De quoi peut-on partir ? Pour moi, on peut commencer par clarifier cette histoire d'épées, existent-elles ? Où sont-elles ? D'où viennent-elles ? Pourquoi parle-t-on de prince guerrier venu du Nord des Alpes ? Qui

sont ces cavaliers sauvages qui pillent les demeures romaines ? Enfin quel peut être ce trésor, si trésor il y a ?

Peut-être, ne pourra-t-on pas expliquer de manière rationnelle toute la légende, ce n'est pas le but. Si non, ce ne serait pas une légende, cela ne ferait pas rêver ! On ne trouvera sûrement pas de trésor au bout. Mais, on peut essayer de comprendre la genèse de ces récits de tradition populaire, essentiellement orale, fondés sur quelques faits historiques, et qui grâce à l'imagination et au savoir-faire des conteurs ou des aïeux au bord du « cantou » ont permis d'émerveiller les enfants à la veillée.

- Ca me convient, dit Antoine. Demain, on définit un plan d'action où tout le monde aura sa part.
- Et moi, je vous préparerai une truffade ... pour éclaircir vos idées ! dit Elisabeth.
- Alors, demain matin je vous emmène faire le tour du lac de Menet à pied pour vous mettre en forme avant la truffade.

III

Autour d'une truffade

Le lendemain matin, de bonne heure, car Antoine voulait être revenu pour manger la truffade à midi, Jean et Antoine partirent faire le tour du lac laissant Marie et Elisabeth finir tranquillement leur petit-déjeuner. Marchant d'un bon pas, Antoine fit découvrir à Jean les sapinières, et les hêtraies entourant le lac de Menet. Plus loin, quelques nénuphars et iris d'eau bordaient le lac.

Le Lac de Menet (Cantal)

C'est à cet endroit qu'Antoine s'arrêta, sortit du sac à dos une bouteille thermos et servit deux tasses de café bien chaud :
-Voilà notre lac ! lança Antoine à Jean. C'est autour de lui que nous voulons aménager le circuit pédestre dont je t'ai parlé. Il fera environ deux kilomètres et se terminera par la traversée du village avec son église et son lavoir. Sur la première partie du trajet, c'est-à-dire jusqu'ici, nous donnerons des renseignements sur la formation du lac avec sa moraine glacière, sur la flore locale qui nous entoure et également sur le travail du bois et de la pierre au siècle dernier. Qu'en penses-tu ?
- Oui, effectivement cette partie du parcours se prête bien à des explications sur le relief, les plantes, les arbres…mais si on veut le rendre plus ludique il faudrait trouver une légende associée au lac. Il y a toujours des légendes associées aux cours d'eau, aux lacs. On devrait en trouver une sur celui-ci.
- Une légende prétend que les lacs de montagne et les « sucs » s'entraident en cas de sécheresse et ….
- Excuse-moi, mais qu'est-ce que les sucs ?
- Les sucs, ce sont les sommets, les collines, ici ils sont souvent d'origine volcanique. Donc d'après

cette légende, si, l'été, le soleil menaçait d'assécher le lac ou si un paysan essayait d'agrandir sa terre en faisant comme un polder, on entendait tout à coup une plainte forte monter du fond du lac et les « sucs » accrochaient les nuages et faisaient éclater un orage qui remplissait le lac. Parfois, les « sucs » n'entendaient pas la rumeur, les lacs se secouraient entre eux et c'était un autre lac qui aidait le premier. Il y a même une petite chanson connue des paysans du coin qui dit : « *O ! Lac de Vès Minit ! /Secoures lou lac del Fallut./que lou vouloum fuère tarir.* »

- Parfait, et en plus avec ce couplet, on met en valeur le parler des anciens. Ici, on a vraiment l'impression d'être dans un endroit qui a toujours été un havre de paix, où les hommes vivaient en harmonie avec la nature. On deviendrait presque poète en voyant cette nature douce et paisible.

- Ne crois pas ça ! Tiens, par exemple, ce lac, qui semble si tranquille, a été l'objet de luttes épiques vers 1830 entre des partisans de l'assèchement du lac et ceux qui voulaient le conserver tel quel. Tout cela se doublait de conflits politiques entre nobles locaux et paysans se réclamant d'idées républicaines. Le conseil municipal de l'époque a rédigé des comptes rendus sur ce sujet dans un style révolutionnaire d'une grande violence contre les propriétaires du lac, nobles pour la plupart. Ici, on a parfois le sang chaud ! Finalement, rien ne s'est fait et le lac de Menet n'a donc pas eu à lancer un appel au secours. Continuons de suivre les berges du lac. Je voudrais te monter un site assez curieux et avoir ton avis.

Tout en suivant le bord du lac, Antoine expliqua à Jean qu'il y avait autrefois dans cette zone des carrières dont on extrayait la pierre qui a servi à construire les maisons du village, mais ces carrières furent abandonnées petit à petit. Ils arrivèrent en quelques minutes au puy de Menoyre d'où on peut admirer le lac jusqu'au village.

- Magnifique, s'exclama Jean. Voilà un endroit où tu vois non seulement tout le lac mais également les sources qui l'alimentent, la moraine glacière qui a permis sa formation, les forêts environnantes. On peut imaginer ici une aire de pique-nique avec des panneaux d'informations. Mais pour le moment, on n'a trouvé ni le trésor ni les épées mentionnées dans la légende.

- C'est vrai pour le trésor mais les épées ont bel et bien existé. Je te montrerai les documents que j'ai réussi à avoir de la part de la société d'archéologie locale. Retournons à la maison, Elisabeth doit commencer à s'inquiéter pour sa truffade. Tu sais, c'est un plat qui n'attend pas.

La truffade se révéla délicieuse. Elisabeth rougissait sous les compliments de son mari et de Jean. Quant à Marie, elle expliquait que cette truffade n'avait plus de secret pour elle : pommes de terre, tomme fraîche, lard de poitrine demi-sel étaient les ingrédients de ce plat dont la réalisation demandait du doigté pour éviter que les pommes de terre n'attachent à la poêle et de la délicatesse pour soulever les pommes de terre afin que le fromage pénètre bien à l'intérieur du gâteau. Antoine était allé chercher une bouteille de Côtes d'Auvergne pour arroser le tout. Mais la conversation ne tournait pas que sur les recettes de cuisine. Nos amis n'avaient pas oublié qu'ils devaient établir un plan d'action pour démêler le vrai de l'imaginaire dans la légende Sistrius.

Après avoir dégusté une tarte aux myrtilles, il fut décidé qu'Antoine et Elisabeth approfondiraient la question des épées à partir des documents archéologiques qu'ils possédaient ainsi que celle du prince guerrier venu du Nord. Quant à Jean et Marie, ils s'intéresseraient au trésor et à l'origine des pillards. Jean demanda à Antoine s'il possédait une liaison Wifi car il souhaitait faire quelques recherches sur Internet. Antoine ayant fourni à Jean le code nécessaire à la liaison Internet, c'est ce moment que choisit Marie pour expliquer à Antoine et Elisabeth les « problèmes » généalogiques de Jean, le lien entre Menet et l'arrière-arrière-grand-père paternel de Jean, le fameux SOSA16. Jean rougit à l'évocation de son passe-temps favori.

- Ah ! Petit cachotier ! Je te conduirais chez le vieil instituteur d'Elisabeth qui a écrit une monographie de Menet et connaît très bien les histoires des différentes familles du village. Peut-être a-t-il des informations sur ton ancêtre ? Rendez-vous demain soir autour du pounti, spécialité d'Elisabeth, pour faire le point sur nos recherches.

IV
Où il est question
de trois épées de bronze

Le lendemain, chacun vaqua à ses occupations. Antoine arbora un air mystérieux lors du petit-déjeuner puis s'enferma dans son bureau et passa toute la journée à classer divers documents. Elisabeth se rendit, le matin, au marché de Riom pour acheter tout ce qui était nécessaire à la réalisation du pounti. Jean se connecta à Internet dès 8 heures du matin pour effectuer les recherches dont il avait parlé la veille. Quant à Marie, elle décida d'aller se promener dans le village.

A l'heure du dîner, tout le monde se retrouva autour de la grande table de bois où Elisabeth avait dressé les couverts. Le pounti trônait au milieu de la table. Antoine posa à côté de lui un volumineux dossier rempli d'articles provenant de revues archéologiques. Jean avait quelques feuilles visiblement sorties de l'imprimante. Marie semblait très contente de sa journée et discutait avec

Elisabeth de la recette du pounti. Il était question de pruneaux, de lard et de jambon hachés mélangés avec du vert de blettes, le tout incorporé dans la pâte faite de farine, d'œufs et de lait. Après une heure environ de cuisson, cela donnait ce magnifique gâteau qu'Elisabeth servait avec une salade verte. Tout le monde fit honneur au pounti. Suivit un soufflé glacé à la verveine puis la conversation s'orienta sur les recherches effectuées au cours de la journée.

Antoine ouvrit son dossier et commença à feuilleter les pages :
- Comme je vous l'ai dit hier, nous possédons des documents concernant les épées trouvées, près de Menet, au dix-neuvième siècle. Visiblement, cette découverte est encore aujourd'hui objet de nombreuses discussions entre historiens et archéologues. Tout commence par un article, publié en 1872 dans la Revue Archéologique, décrivant un dépôt de trois épées en bronze trouvées dans une fente de rocher à Aliès. Cet article fait suite à une communication faite à la Revue par un archéologue amateur d'Aurillac, le pharmacien Rames. Cette communication est illustrée des dessins de trois

épées. A partir de là, le mystère commence. Comment Rames est-il entré en possession de ces épées ? Où sont-elles aujourd'hui ? Les dessins joints à la publication sont-ils fidèles ? Même leur nombre fait objet de controverse, certains archéologues pensent qu'il y avait plus de trois épées !

- Je suis allé aujourd'hui me promener au village, l'interrompit Marie et on m'a parlé de cette histoire d'épées. Il paraîtrait que ce serait un tailleur de pierre d'un hameau voisin qui aurait découvert les épées vers 1870 et les aurait vendues, pour dix francs de l'époque, à un pharmacien d'Aurillac connu pour s'intéresser aux pierres précieuses et aux antiquités gauloises.
- C'est tout à fait vraisemblable. Il y avait à l'époque beaucoup de tailleurs de pierre dans la région et gagner dix francs de cette manière devait être une aubaine. Ces épées ont été étudiées très attentivement par les archéologues et ont été rattachées à des types d'épées de la même période retrouvées soit en France soit en Europe Centrale. En résumé, je vous épargne les termes techniques des spécialistes, ces épées sont des productions de

la fin de l'Age de bronze issues, vers 700 avant notre ère, de Suisse, d'Allemagne ou de Bohême. Ce sont des objets rares et précieux et donc certainement propriété d'un personnage illustre... le prince guerrier venu du nord des Alpes de la légende ? Ou un riche propriétaire local qui les aurait acquises moyennant finances ? Personnellement je préfère la première solution.
- Finalement, ajouta Jean, le seul mystère qui reste à propos de ces épées, aujourd'hui, est de savoir où elles sont conservées. Leur localisation est mystérieuse : des publications parlent du Musée Bargoin à Clermont, d'autres du British Museum. D'après certaines publications que j'ai trouvées sur Internet, il est également question de collections privées, de marchand d'antiquités peu scrupuleux qui aurait restauré une épée de manière abusive pour mieux la vendre. Enfin, peu importe où elles se trouvent aujourd'hui, il restera ainsi un peu de mystère sur ces épées.

- Reste à résoudre le problème du trésor et de l'ancêtre de Jean. Demain, je t'emmène voir l'ancien instituteur d'Elisabeth qui connait très bien Menet et ses nombreuses « histoires de famille ».

- J'ai le pressentiment qu'il y a un lien entre le trésor de la légende et l'histoire de mon ancêtre, murmura mystérieusement Jean.

23. Croisement des Malle-Postes

V

Une théorie échafaudée sur le trésor

- Ah ! Monsieur Antoine. Comment-allez-vous ? Comment va Elisabeth ? S'écria le vieil instituteur en voyant Antoine et Jean se diriger vers le pas de sa porte.
- Tout le monde va bien. Je vous présente un ami, Jean, à qui j'ai dit que vous connaissiez tout de l'histoire de Menet, et qui a des questions à vous poser
- Entrez. Vous boirez bien un verre de gentiane ?

Sans attendre la réponse, il déposa une bouteille de gentiane sur la table et remplit trois verres.
- Alors, en quoi puis-je vous aider ?
Antoine expliqua au vieil instituteur leurs recherches sur la légende du trésor de Sistrius et ce qu'ils avaient trouvé sur l'origine des épées mais pour le moment rien sur le trésor.
- Le trésor de Sistrius ? Il en a fait couler de l'encre et du sang, ce trésor !

- Du sang ? s'exclama Jean.
- Oui, jeune homme. Lorsque j'ai pris ma retraite d'instituteur, il y a plus de trente ans, je me suis mis à trier les archives que possédait la mairie. J'avais été secrétaire de la mairie pendant vingt ans. Et parmi tous les papiers entassés dans des cartons que j'ai retrouvés dans les sous-sols, il y avait une monographie du village faite par le curé du village vers 1890. Ce devait être un érudit car il avait retracé non seulement l'histoire du village depuis ses origines gallo-romaines mais il y décrivait également la vie sociale, les marchés et aussi la géographie physique de la commune. On retrouve dans son texte, à plusieurs reprises, des éléments qui peuvent vous aider à expliquer cette histoire de trésor. Dans le chapitre sur la géologie de la commune, notre curé explique que Menet est bâti sur des roches volcaniques dites effusives que l'on nomme trachytes. Ces roches ont servi à construire nos maisons et quelques édifices communaux. Mais ce qui est plus intéressant, c'est que ces roches qui sont en fait des roches magmatiques resurgies à la surface du globe ont remonté avec elles des pierres précieuses telles des saphirs ou des grenats, évidemment de petites tailles en général. Il n'était

pas rare, à certaines époques, d'en trouver dans les champs, en surface après la pluie ou remontées par le soc de la charrue. Il y a encore aujourd'hui des géologues amateurs qui arpentent notre campagne à la recherche de « cailloux » en particulier vers le puy de Menoyre à l'ouest du village. Quant au curé, il est très fier de cette particularité géologique car il écrit que des pierres précieuses provenant de Menet ornèrent des reliquaires et gagnèrent même les trésors du roi de France et du pape !

Sur ces mots, et malgré leurs protestations, certes peu énergiques, l'ancien instituteur resservit une nouvelle tournée de gentiane
Antoine s'adressa alors à Jean :
- On peut donc penser que le trésor dont parle la légende est constitué des saphirs ramassés dans la campagne autour de Menet et qu'après les avoir regroupés, ils ont été cachés dans une anfractuosité entre deux rochers en même temps que les épées. Voilà l'énigme du trésor résolu.
- Oui, il y a de grandes chances que cela se soit passé ainsi, mais vous avez parlé de sang tout à l'heure. De quel sang s'agit-il ? dit Jean en regardant le vieil instituteur.

- D'après ce que nous raconte le curé de Menet, la découverte des épées en 1872 a fait beaucoup de bruit dans le village et on jasait sur la chance qu'avait eue le tailleur de pierre de pouvoir vendre ces épées « rouillées » à un archéologue d'Aurillac. Il devait y avoir beaucoup d'envieux. Quelques semaines plus tard, on a retrouvé le corps du tailleur de pierre au fond d'un ravin et très vite on accusa un de ses amis d'avoir voulu l'assassiner pour des motifs crapuleux car l'argent des épées ne fut jamais retrouvé. Il faut dire que tout accusait cet homme. On l'avait retrouvé dans la forêt, près du corps du tailleur de pierre, recouvert de sang, des ecchymoses sur le corps, l'air hébété. Le procès fut expédié en quinze jours. L'homme nia avoir tué son ami, expliqua que le sang qu'il avait sur le corps était celui d'un lièvre qu'il venait de braconner et qu'il avait découvert son ami mort au fond du ravin. Malgré ses protestations, il fut condamné aux travaux forcés à perpétuité et envoyé à Cayenne le mois suivant. Le curé nous explique que ce « scélérat » était un mécréant, un républicain aux mauvaises mœurs qui avait mis enceinte une pauvre fille du village. Celle-ci devait accoucher en 1872,

trois mois après la condamnation, d'un garçon nommé, si j'ai bonne mémoire, Jules.
- Comment s'appelle ce « scélérat » ? demanda Jean, troublé par cette histoire.
- Je ne m'en souviens pas. Mais je peux retrouver son nom dans les archives que j'ai conservées.

Antoine et Jean remercièrent le vieil instituteur pour leur avoir fourni tous ces renseignements et regagnèrent à pied « La gentiane » après avoir fait un détour par l'église de Menet car Antoine voulait montrer à Jean un curieux chapiteau représentant des danseurs de bourrée.

VI
Autour d'une pachade

Le soir, Antoine et Jean racontèrent à leurs épouses tout ce que le vieil instituteur leur avait confié. Ayant dégusté des cèpes farcis, Antoine se mit à faire le point sur tout ce qu'ils avaient appris ces derniers jours concernant la légende de Sistrius. Tous estimèrent que le but qu'ils s'étaient fixé était atteint et qu'Antoine et son association pouvaient réaliser leur projet.

Depuis la visite chez le vieil instituteur, Jean semblait toujours pensif. Ils s'apprêtaient à faire honneur à la pachade aux pruneaux quand Elisabeth dit à Antoine :
- J'ai oublié de te dire que juste avant votre retour, j'ai reçu cette lettre pour toi de la part de mon instituteur.
Antoine ouvrit la lettre et dit à Jean :
- C'est pour toi. Je te lis. Ceci est pour votre ami Jean. Celui que le curé nomme le « mécréant » s'appelle Jean-Jacques Carnot.

- Le SOSA 16, murmura Marie qui vit Jean blêmir.
- Attendez, la lettre n'est pas finie. Je continue : Après votre visite, j'ai retrouvé toutes les archives que j'ai sur cette histoire. Il y a eu un rebondissement en Juillet 1895 qui a fait l'objet d'un entrefilet dans le journal local. Un maçon de Menet, juste avant de mourir, se confesse au curé du village et s'accuse du meurtre du tailleur de pierres. Il explique que ce dernier s'était vanté au bar du village, après quelques verres d'eau de vie, d'avoir non seulement trouvé les épées mais également une poterie remplie de saphirs et que cette poterie était toujours dans l'anfractuosité du rocher où il l'avait trouvée. A la sortie du café, il l'avait suivi pensant que celui-ci le conduirait à la cachette mais l'autre se rendit compte qu'il était suivi, une bagarre éclata, une mauvaise chute et le tailleur de pierre mourut. Avant de s'enfuir, le maçon fouilla le corps de la victime et prit les pièces d'or de la vente des épées que le tailleur de pierres portait sur lui. Mais il dit dans sa confession qu'il n'a jamais trouvé la cachette. Par contre, il a laissé accuser Jean-Jacques Carnot.
- Le SOSA16 est innocent, s'écria Jean le visage radieux

- On ne retrouvera pas la cachette du trésor mais on sait qu'il a existé et c'est le principal. Et puis « tout est bien qui finit bien » n'est-ce pas Jean ?
Et tous éclatèrent de rire quand Jean, sorti de sa nouvelle rêverie, dit : Maintenant il faut trouver qui est la mère de Jules ? Qui est SOSA 17 ?

L'AUVERGNE
328 Paysanne des environs de Menet (Cantal)

TABLE DES MATIERES

LE MYSTERE DU TRESOR DE SISTRIUS
par Anne de Tyssandier d'Escous

I - Le père Antoine à Montsistrier.............. p 7
II - La veillée autour du cantou............... p 11
III - Les épées du prince guerrier............. p 15
IV - Le trésor de Sistrius..................... p 21
V - Le pillage du domaine..................... p 25
VI - Le secret de Sistrius.................... p 29
VII - A Salers................................ p 33

UN MYSTERE PEUT EN CACHER UN AUTRE
par Alain Ricard

I - Un coup de téléphone .... p 37
II - Une étrange légende .... p 45
III - Autour d'une truffade................... p 51
IV - Où il est question de trois épées de bronze. p 57
V - Une théorie échafaudée sur le trésor...... p 63
VI - Autour d'une pachade..................... p 69

Menet vu de Montsistrier